有度文化

黄昏里

黄芳——著

山西出版传媒集团 北岳文艺出版社
·太原·

图书在版编目（CIP）数据

黄昏里 / 黄芳著. -- 太原 : 北岳文艺出版社,
2024. 9. -- ISBN 978-7-5378-6938-6

Ⅰ. I227

中国国家版本馆CIP数据核字第2024E7K093号

黄昏里

黄芳 / 著

//

出品人
郭文礼

选题策划
刘文飞

责任编辑
刘文飞

装帧设计
张永文

印装监制
郭勇

出版发行：山西出版传媒集团・北岳文艺出版社
地址：山西省太原市并州南路57号　邮编：030012
电话：0351-5628696（发行部）　0351-5628688（总编室）
传真：0351-5628680
经销商：新华书店
印刷装订：山西人民印刷有限责任公司

开本：787 mm × 1092 mm　1/32
字数：128千字
印张：4.75
版次：2024年9月第1版
印次：2024年9月山西第1次印刷
书号：ISBN 978-7-5378-6938-6
定价：48.00元

目录

黄昏

我在黄昏经过那片田野
秋天最后的金黄正慢慢暗沉
稻草人身上，停落着归鸦、斑鸠、麻雀
还有更多叫不出名字的
它们张望，跳跃，攫啄
时不时，稻草人橙灰色的双手
随风轻摆，引来
野猫的凝视与扑打
哼着曲调的老人经过时
停了一下
微弱余晖掠过他寂静的帽檐
很快，他在倒伏的夏枯草里暗沉下去
比他的影子要快一些
——没有更远的了
很快，我的影子就会在黑暗中
转过身
回去做一个稻草人

梨花开了

春天，梨花开了
低风贴着一个婴儿的绒毛荡进来
荡过他轮椅上的幼年童年少年

从零岁到十四岁
他的头颅像失去支撑的宇宙
绵软地耷拉在胸前
他的母亲，那个笑容灿烂的女人
不停地托起它
靠向左肩，或右肩

他的母亲，那个悲伤的女人
每天躲在角落里哭泣
被看不见的青苔滑倒再爬起

春天，梨花开了
墓地里竖起了一块新墓碑
低风阵阵，荡过十四年的光阴

那个灿烂的悲伤的母亲
面对空空的轮椅就像面对一个耷拉的宇宙

那个沉默的母亲
在命运喑哑的齿轮声中
等待一棵绵软的青草
挨着墓碑长出来

旧纸条

这个冬日下午，暖阳斜照
世界迟缓温和，像一个通透的老人
风吹开书页，掉出一张
旧纸条
上面是父亲好看的毛笔字：

春雨惊春清谷天……

想起那个夜晚
父亲在病榻上把二十四节气歌谣
一字不差地背出来
他背一句
哥哥就在纸上记一句
父亲走后
那张纸再也找不见

暗雷

他坐在医院门口的小石墩上
阳光有些刺眼
他手搭凉棚又放下
一阵风吹来
他手里那沓检查单哗啦哗啦响
“胃癌，晚期。”
这是医生的话。医生还说了
很多，但他听不见了
他活了48岁，从来没有秘密
如今，他身体里突然埋进一颗暗雷
街上人来人往，每一副面孔
都像在问他：你打算怎么办？
他的儿子正读高三，女儿读小学
在超市打工的妻子
瘦弱胆小，连蚊子都不敢打
他要如何掐掉那根正在隐秘燃烧的引线？
一辆洒水车唱着熟悉的歌开过来
他失神地看着
如果不是腹部持续的绞痛
此刻他也如往常一样在开洒水车
他喜欢跟着欢快的曲子哼唱，喜欢听

冲洗尘埃的唰唰水声
几十年来
每次洒水他都小心地避让行人、车辆、猫狗
甚至灌木丛中的鸟雀也不曾被淋湿
“我从未做过昧良心的事啊。”
一阵风吹来
凋敝的落叶哗啦哗啦响
街上人来人往
没有谁注意到路边石墩上
一个绝望的男人正低头流泪

护工梁阿姨

十七年来
她一直在脊椎科
担架，拐杖，轮椅，引流，压疮
失禁的大小便，呼号的疼痛
瘫倒的断裂的尖锐的日子
一个接一个
偶尔，半夜里伸出一只无助的手
把她当成唯一稻草
她在黑暗，在所有阴影中
稳稳地接住

那个冬日上午
雨夹雪击打着枝丫、玻璃
回声响亮
她坐在手术室门口冰冷的台阶上
呜呜凛风
在狭小的走廊里来回倒灌
手术比想象的要漫长
她抱着自己灌满凛风的身体
一步也不敢离开
她是护工，也是病人指定的唯一家属

"他们都太忙了。"

十七年来，她见过太多
边界模糊的生活
肉体与灵魂，善与恶，贫与富，亲与仇
多少有血有肉的日子
突然之间只剩下立不起来的骨头
"我宁愿骨头也不要了！"
从麻醉中痛醒的人，哭着喊着
她知道什么即将到来
什么就要过去
她默默的，做一根稻草

那条河流

那条河流，我从未见过。

父亲总是在黄昏时分走向它
一根鱼竿，无数个
寂静的黑夜
有时，父亲带回几条小鱼
更多的时候
父亲两手空空，但
心满意足
父亲曾经说过那条河流——
夏天哗哗的大雨
如何迅速地在它上面消失
月光下，它如何缓缓地
漾动柔软的水草
守着黑夜的河流
父亲见过很多神秘的事，比如
身披蓑衣的无脚影子
比如河流深处的窸窣言语
父亲一一把它们写下来
—— 一条河流，带着消逝的事物
在乡村剧场开口说话

父亲去世前，风一般地走出家门
为自己选了一块墓地
“面北，正对着那条河流。”

但那条河流，我从未见过。

一幢陌生的旧楼房

她一定梦见过这里
破旧的宿舍楼，窗玻璃有的敞开
有的关闭。裂开的部分
在等一阵风

她在等一阵风
“啪”，摇摇欲坠的记忆
跌落，碎开
它是锋利的

它是锋利的
像多年前的那个夏天
十岁的小女孩
在破旧的宿舍楼里
看着一辆救护车呜咽着远去

妈妈呜咽着远去
再也没回来
旧宿舍楼空了
小女孩像一面裂开的玻璃
摇摇欲坠

雨夹雪

在黄昏到来。

那时候
小花猫坐在门口
尾巴和耳朵竖起，偶尔
动一动
它琥珀色的眼睛
紧盯着窗外，似乎在等一个
重要的时刻

终于来了。

雨夹雪击打在屋宇、树木
雨棚上的锋利
被双层玻璃消弭
绵绵的沙沙声，像时间
踩着软步子

走进黄昏里。

末班地铁

你说你正在末班地铁里
玻璃窗上，贴着几张
疲惫的脸
突然出现的灯火通明的站台空无一人
像被黑夜拽进去又扔出来的
一座座空城
轰隆，轰隆，轰隆
我听得很清楚
似乎那列末班车，就在我身边
呼啸而过
把我的黑夜撕开，撕开
却永远撕不完
我蹲在街角，向你虚构了
月亮和繁星
——它们清澈又闪烁
正照着我回家

黄色小镇

那个黄色小镇
怎么发音都不标准的黄色小镇
为陌生人
腾出了一整天的时间

鸽子在教堂上
一只，两只，一群
一群，几只，一只
你不要一直盯着它们
你要适时地低头转头，像突然
被什么吸引了
这时候，就会有神秘的声响
簌簌而落，像
陌生的神谕

“我想去忏悔一下。”
但教堂里如此金碧辉煌，烛光
如此肃穆
藏匿于漫长岁月中的隐秘
你无法供出

处暑

从操场跑步回来
路灯一盏盏亮起了
一个胖小男孩
在母亲的影子里跳跃
找自己
渐渐变凉的风，一阵接一阵
嗖嗖嗖地吹过我
也吹过紫荆树、黄槐、桂花、古樟
而一路跟随的隐香
像命运缝隙里的光，迎着柔软
也迎着锋利

钉子

在那场事故中，他的工友
那个来自异乡的、沉默的年轻人
为他挡住了致命的断木
他失去了左腿，腰椎上留下了两枚
需要伴随一生的钉子
这些年
他戴着义肢工作、生活，妻儿温暖
像一个从未曾受伤的人
他经常一个人到郊外钓鱼
从早到晚
他一动不动地看着平静的水面
——平静的镜子里
是他冰冷的左腿，隐隐作痛的后腰
是无数个夜深人静
他流着泪回想。回想那个
身故他乡的、闪闪发亮的年轻人，那场
楔入钉子的命运

大火

某个天干物燥的秋日上午
一百公里外的山林着火了
烈焰在旱枯的大地上一路裹挟
燃烧，吞噬，再吐出浓烟
两个小时后
我所在的城市被浓烟覆盖
天空灰暗如暮晚，太阳
染出一片血红色
形状各一的灰烬飘浮、跌落
那时，我正在一个废弃厂房里漫步
翻飞的灰烬让行踪神秘的流浪猫
警觉又兴奋
它们在草丛、残垣中奔跑跳跃
像一道道闪电

透明人

会议开始了。

椭圆形大桌子边上
坐满了人
嗡嗡嗡，嗡嗡嗡
仿佛一万只风箱被推拉
我看见一个透明人，在桌子上
走来走去
打翻咖啡、茶水，染渍稿件上的
陈词滥调
那个透明人，穿过窗棂的缝隙
一会儿跃上树枝，摇下一地碎影子
一会儿落入灌木丛中
与鸟雀交谈
啁啁啾，啁啾啾

我是那个透明人。

遗言

我死后
不要讣告
所有涉嫌造假的句子，不要给我
不要一场雨中的葬礼
不要悼词、绕圈、鞠躬、凝固的泪
这些被死神俯视的隐喻
生前我见过，写过。死后
我要独自守着自己的亡灵

躁动聒噪了几个晚上的乌鸦
歇息吧

我死后
不要墓地墓碑以及任何形式的
虚妄的居所
父母赐予的206块骨头
我一生都保持了它们应有的硬度
我死后
请让它们在烈火中焚烧
请把我终生不曾曲迎的灰烬
埋在笔直的树下

哑巴说话

那幢别墅有一个瘦小的哑巴
负责看园子

园子硕大，辉煌
他定期修剪草木，打理
假山假水
园子人来人往
烧烤，蛋糕，欢歌
无数酒杯，空了又满
世间的纷扰汇集
又散去。他看着
大大小小的秘密落进他心里
如石沉大海

“就看中他是个哑巴。”

第一场大雪落下的那个冬天
别墅的主人被警车带走
一只野猫从围墙上跃入园内
留下一排黑脚印
哑巴说：没关系
再下一场雪就又干净了。

东去吧，像流水一样

你就要往东去
像流水一样

我陪你再走一遍
重复的路
叫错了名字的桥
再去踢踢
人行道上的那颗石子

数一数，四年了
四年前
你骑着明黄色自行车，追云朵
单纯，坚定

那个痛苦的黄昏是什么时候开始的？
泪水 ·滴接 ·滴
无法掩饰。小饭馆人来人往
泪水它不想掩饰

四年，一点一点地滑入深渊
拉锯，煎熬，消耗

时间翻来覆去
却只能看见命运浮动的影子

乌黑的雪是什么时候突然落下的？
再也看不见明黄色的追赶
风一阵又一阵，吹黄昏里枯槁的影子
吹无枝的麻雀

是时候反手给命运一击了——
工作进度表，一日一毕清单
扔进碎纸机
电话簿撕掉，药片丢掉
身后那面玻璃
再看不见一枚被鞭甩的陀螺的影子

然后，东去吧
像流水一样

悲伤的下午

那个下午
她拿着一本悲伤的小说
徘徊于空旷的街道
在一段有白色栅栏的花圃边上
有一排废弃的深红色轮胎
阳光下
它们显得干净、醒目
街道空旷，没有人影——
没有什么人从近处离开
也没有什么人，从远处走来
她坐进轮胎内圈，双腿
搭在外圈上
无法描述的舒适、安全
像大海中的岛屿
她闭上眼，合上悲伤的书本
——那些黑暗的街道
那些玻璃碎片
头戴棒球帽的男人和悲伤的女人
刀尖一样的对话
被抛入大海
当她睁开眼，看见不远处

一个头戴棒球帽的男人正低头抽烟
他左手搭着栅栏，右脚
踏着深红色的轮胎

午夜

她在一本泛黄的书里
反复寻找一行字
一行她做过边注，又划过
横线的字

那多年前的隐喻。

无数细碎而庞杂的声响
在午夜来回
她在这黑色海浪中反复寻找
最熟悉的碎片

那多年前的隐喻。

在港北服务区

雨后的港北服务区
潮湿，微凉
一只不知名的黑白鸟
站在积水的地面上
它背部是黑的，前脖也是
远看，像是围了一条黑色的三角巾
它不时叮啄，不时抬头
四处张望
一个身穿橙色雨衣的保洁员
拖着巨大的绿色垃圾桶
从它身边经过。天色
越来越黑了
一场大雨就要到来

盔甲

你说：每天下班
我要把自己关在车里坐很久。

那时，我在八楼天台坐着
坐在黑暗中
凛风吹过，像刀一样
像刀一样，划过尚未散尽的尘嚣
你的话嘎吱一声
犹如凛风于瞬间吹倒枯朽栅栏
从一地鸡毛中逃离的影子
一个又一个，在我面前晃动
拉着我的影子晃动
我哭了起来
一只白色的流浪猫走过来
在我身边绕圈
它柔软的毛发拂过我，贴近我
黑暗中，它琥珀色的眼睛
像童年珍藏的玻珠
我把潮湿的手伸到它面前
它舔着，一下又一下
人类的泪水。

随后它跳到我身上，安静地
卧下来

我说：一件柔软温暖的盔甲
在此刻，在黑暗中。

荒草

少小远离，我与故乡
不曾亲近
高山，甘蔗林，玉米地
密集的乡音，无数的岔路口
每每令我惊惧，茫然
如迷途者，在大雾里打转
眼看红色浆果在无法返回的枝头，晃动
我曾试图描述故乡
而它始终如一团模糊的影子，一段
未知的命运
春来冬去，木叶落寒风吹
也不过是木叶落寒风吹
我放弃了描述
春来冬去，父母是它唯一的起伏
因此我思念它，怀想它
如今，父母身骨深埋于它的尘土下
它是我身骨里呼呼冒出的荒草

告别

那个黄昏风很大，雨水
一直不停
岔路口有一只废弃的汽油罐
路灯下，它是暗橘色的。锈蚀的残片
更暗一些
雨滴落在它身上，叮咚叮咚
溅起水花
无声的部分，留在更暗的缝隙里
他们在岔路口告别
路灯下，湿湿漉的暗橘色影子
越来越小

影子

无数个深夜
我看见一个影子在黑暗中
缓慢游动

它在空荡荡的墙壁上演独角戏
一时做主角，一时是幕布

它跳到书架上，在书脊与书脊之间
无限折叠

它避开了唯一的镜子，像所有
对自身深怀恐惧的事物

有时它来到我身边，与我重叠
替我翻书，写字

有时它击奏琴键，仿佛古老的灵魂
在拍打骨骼

此刻，零下一度
窗外雪光凛冽，我第一次看见它
抱紧自己的样子

涌入

凌晨三点
她来到餐桌前
就着稀薄星光，拿杯子，倒水
吞下白色药片
对面玻璃窗上，影子晃动，做着
同样的动作
咣当咣当，一阵穿堂大风
把窗玻璃向外推开
再反折
黑夜汹涌如海浪
茫茫涌入
她知道要过一阵子
才能听到影子跌落地面时
无法描述的回响

月亮

此刻你看着窗外
黄昏中
街市喧腾闪烁
但没有一个人是清晰的
你没法认出
当年站在窗台前的那个影子——
她不停地挥手，你不停地
回头，撞上废弃的汽油罐
又踢到坚硬的石墩
终于，挥动的手被夜色淹没
你在陌生的街市里徘徊，像第一次
经历别离。夜空中
月光微白，微凉，微甜
多年来，那个突然到来的夏天
像命运里隐秘的枝蔓
时不时随风摇晃
此刻你看着窗外，街市
喧腾闪烁
月亮微白，微凉，微甜
让你心碎

风水先生

每天，他穿着黑色罩衫
在村子里游荡
不说话，没有笑容

他有一个患癫痫的儿子
他的母亲
瘫卧在床，时不时破口大骂

大人对他窃窃私语，孩子
躲着他走，也躲着
从他屋檐上吹过来的风水

时不时，远方有人慕名而来
请他去看风水
他像个黑色的影子消失在村口

鲜花与坟墓

——前面是什么？

老人：坟墓。

少女：鲜花。

一个生来没有眼睛的人

用灵魂辨认黑暗、阳光、迷雾、风霜

他向虚无的老人与少女挥手

向东，向南，向西，向北

他的灵魂，他最隐秘的引路人

带他绕过所有栅栏

一年又一年

生来没有眼睛的人

终于走到他的黄金时代

命运的终点

——开着鲜花的坟墓

骨骼，以及坚硬的

在秋天最后的金黄时节
我们把埋于地下四年的父亲
重新打开
骨骼、硬币、皮带上的金属扣，以及
他生前钟爱的手表
所有无法销蚀的坚硬，在朽毁的棺土中
发出微光
我们把它们细细翻捡、清洗、拂净
装入金黄的瓮罐，安于祖祠
我们对着金黄的父亲
说再见
像所有短暂的告别一样

拥抱

拥抱是好的。

那天黄昏
我在学校门口拥抱了一个陌生的高中生
那个来自外地的女孩
跟我借电话
她一边打一边低声哭泣
一日将尽的余晖
映照着她满脸的泪水
犹如细浪在微暗海面上起伏
一阵又一阵风过后
她低头递还电话，跟我致谢
就在她转身要走开时
我把她拉进怀里，轻拍她
单薄的后背：再坚持一个月就放假了。
她靠在我肩上
我闻到试卷食堂操场的味道，听到
日历被迫切撕掉的声响
那个黄昏
一个住宿生想念妈妈的强烈隐忍
如细浪在微暗中拍打海面

复苏

一开始，它是一层
又薄又淡的黄
在枯草中，几乎看不见
像大地最不经意的伏笔

第一场雨水过后
绿茸茸的小手抬了起来
越抬越高
甚至最隐秘的角落，也认出了
去年的绿影子

当最后一阵北风停在岔路口
它嘎吱嘎吱地发出微响——
万物正推窗开门，大地
正在醒转

向晚

向晚
挖掘机收起手臂，停下了
这一天的说话
身穿蓝色校服的小男孩
等在棉花糖摊铺前
很快，他举着巨大的甜蜜
穿过人群
两个建筑工在墙根歇息
他们眯缝着眼睛，一口接一口地抽烟
稀薄的阳光
在他们脸庞皱褶里勾出
层叠明暗

深宅

多少人慕名前来
看看飞挑的屋檐，读一读
名人史录
她到来时，黄昏将至
炙热的一天就要过去了
晒场上，谷物金黄
让人忍不住去想象它们青禾时的模样
古巷子在夕阳里拉长了影子
孩童们三三两两
追逐，嬉闹，玩沙子
他们是这深宅大院最轻灵的烟火
走进巷子深处
她看见某扇雕花窗棂
窗前的晾衣杆上
几件衣裳随风晃动
推开虚掩的院门
是一进又一进的庭院
下进有锅碗瓢盆，上进有人影
中间是空寂的椅子
天井旁，一位老人在侍弄花草
一丛橘黄色的花开得恣意、夺目

让她忍不住蹲下来端详
“这是百日菊，开开落落，没有停歇。”
老人叼着烟斗，布衣布鞋
像刚刚从旧时走来的名士
这隐姓埋名的旧深宅
显赫过，辉煌过
如今，它空寂安静
唯有百日菊，开开落落
没有停歇

无名的人

每天，他身穿工服
起早贪黑

城市里每一颗松动的螺丝
等着他去扭紧
马路上的每一条裂缝
需要他去修补

他爬过地下的井矿，触摸过
空中的轨迹

他推着三轮车穿街走巷
马蹄糕、煎饼、豆浆、油条、烧麦、糯米鸡
——满满当当的烟火
沉实而炙热

他是赵钱孙李，周吴郑王
他是儿子、父亲、兄长、丈夫

在时代的轨道上，他是
微不足道的强光

灰斑鸠

老家院子里有一棵铁架木
一年四节，枝叶繁茂
小时候，她喜欢靠着它数落叶
看暮鸟归巢
父亲喜欢坐在树下读书，写作
教她辨别
嘀啾叽喳的鸟鸣声

后来，日子漫长，越走越远
疲累时
她便虚构一棵铁架木，树下
父亲旧影子缓慢，洒满了斑驳的阳光
枝丫中越来越喧闹了
——她知道哪一只灰斑鸠
正在和她话说童年

故乡

你让我写一写家乡
我说如今它未必认识我
我对它，也未必有
比儿时那条羊肠小道更宽阔的记忆
在那遥远的小山村
唯一刻于我骨血中的人，这世上
唯一的父母
已埋于土下
那条羊肠小道，已长满杂草。

我如何让你明白
此刻说故乡
就像是，一只鸟雀
在寒冬里求一条栖身的枝丫而不得
一个孤儿
在黑暗的羊肠小道索一星照路的灯火
而不得

我的故乡，已埋于土下。

多余的

今天
虚构的八楼在下雨，下风
下多余的影子
还记得那个小镇吗
那个小镇还记得十月的绿皮火车吗
陌生站台上
还有人手拿童年的橘子，守在
昏暗的路灯下吗
今天
一段多余的记忆从八楼飘落
缓慢、柔软。没有风吹过
没有唰唰声

辞旧

今天，她撕掉旧日历
清扫旧尘埃
那些堆积已久的旧物
她一一翻捡，用一个虚词
标记它们的归属
一定会有一道道裂痕
倏忽而至
她接住它，修补它

最后，她像往年一样
一个人坐在书房
坐在被遗忘的书堆中
写一封
寄往未来的信

悬崖酒店

终于，世界安静了
悬崖在黑夜中建起楼阁、阶梯
点起灯盏

有人开始拾级而上
影子摇晃
有人不时停下，回望
身后的深渊

曾经，你虚构过多少空中楼阁
多少庸常的针刺
又戳破这耽于幻想的建筑

如今，山崖中悬挂的微光
如同神谕
你以及你全部的阴影
都有了意义

沿着阶梯往上去吧
一路细听这风中的簌簌——
有谁正唰唰地写下或擦去
一段记忆

棉花天坑

多年后
你会想起这一天
在十月，在棉花天坑
桃花开了一朵
又一朵。惊险的事
你做了一件又一件——
你控制了一列火车的轨迹
让它从山顶安稳落地
你允许自己变成一阵风
掠过巨大的天坑
而在回望的记忆中，越细微的
陷得越深
比如异木棉飘落的样子
比如你手拿野葡萄
站在山风中

我这一生

——致一位消防员

那个黄昏
在大火中扑击了三十多个小时后
噼啪的燃烧声渐渐弱下来
拖着沉重的消防服缓慢瘫倒时
幻光重叠
我看见老年的自己
正在午后的阳光里一页页倒翻日历

那个高速路上的小男孩
血脉卡于一场车祸
我破车时
他微弱的眼睛如星火跳动
那一瞬间
钢铁的坚硬和柔软同时击中了我

被洪水吞噬家园的八十岁老人
苦苦哀求我们把他的发电机
一起带走：它是唯一值钱的家当了啊。
沉重的铁我们抬着，洪流我们逆着
一点点挺向高处
苍穹孤寂。而我们

听见了心底的声音：要把仅有的光
守护好。

这一生
无论身穿橄榄绿还是火焰蓝
我都枕戈待旦
甚至在梦里，也是
红色警鸣，生命探测，汪洋呼救
以及我天南海北的战友——
他为废墟里无法生还的小女孩痛哭
他们在火海里有去无回
大地时有震裂，山川时有崩塌
更多的他们
在绝境中筑建庇护，把家园
还给家园

这一生
我欠家庭团圆，欠父母临终之别
欠妻儿寒夜取暖
——如何给出更多呢，终生与死神
凝视的人？
但当风停树静，我疲惫而归
始终有港湾静候，有天使
缝补我的一身伤痕
“因为，你是万物的脊梁。”
而他们是我的脊梁
支撑着我的躯体和灵魂

在草坪乡

在草坪乡
只要这座小庭院就够了
清早，总有鸟雀
在昨晚的摇椅上停落、鸣叫

世间该有的树
都有
该有的花
都在开

抬头是近的天空
远的山峦
偶尔经过的人
都走得很慢

黄昏里
总有一个世间的母亲
左手提着装满橘子的小篮子
右手托着斑斓的花环

三个老人

三个老人走过来时
手推车侧身让了让

风中有细语喃喃
三个老人都听不见

手推车上坡时，踉跄了一下
三个老人停下来，脱下帽子

风把手推车送下坡了
三个老人侧身让了让，戴上帽子

三个老人听见有细语在喃喃：
黄昏正在上坡又下坡。

少年

那个永恒的黄昏
他骑着自行车，奋力上坡
她站在坡上，看着
世界真安静啊
像一片无人的大海
她站在坡上
看着那个奋力蹬踏的影子
像一艘船正逆着巨浪
慢慢靠近

破旧的自行车
嘎吱嘎吱响着，停在她面前
他脸上汗珠密集
闪闪发亮
他灰白的旧衬衣，有很多皱褶
他的影子
覆盖着长长的坡道
黄昏的微光在风中晃动
世界真眩晕啊
像一面摇晃的无人的大海

岛屿

十月是用来纪念的
有那么一年，一瞬间
你得往回走
一直走回陌生小镇
十月就在那里

在十月的陌生小镇
你建了一座岛屿
岔口，弯道，悬空，坍塌
命运里所要逃避的
你装进去

离别序曲响起时
午夜的风已经吹过一遍
把十月，把小镇
吹得猎猎响
你收起纸上建筑
诸神举灯，走过的人
一路回头

暮年

每天
他守着角落里的青苔
执着地等待那道缝隙中的光
他还像当年那么瘦
只是不再奔跑
偶尔出门，他会受惊似的举起右手
挡住突然到来的晃亮
这么多年来
世事像一只聒噪的乌鸦
而他缄默
并死死拽住试图冲破缄默的灵魂
他拒绝与相册里那个穿着
大喇叭裤，烫着爆炸头的青年相认
他羞愧地撕掉一页页
鲁莽而尖锐的青春
——那只令父母悲愁的刺猬
他轻抚着缄默的灵魂：多少过往
已一笔勾销。
梦中有人举灯而来
他摇摇头——
那个满身倒刺的青年，已经

遍布褶皱，执着于
在缝隙的微光中数自己
绵软的影子

早安，黄姚

推开窗
晨露潮湿，远山青绿
早起的人
嗒嗒地敲响小镇的门环
云雀扑棱而起，一只又一只
停在窗台，与她相望

好久不见。
好久不见啊。

石板街两边
店铺在出售人间烟火
曲巷里，有人不停地撞见自己
而她知道
姚江里的影子什么时候最平静
佐龙桥上
晒橘子的少年会用哪种语言
说早安

梅雨天

漫长的梅雨天
玻璃和墙壁在流泪
滴答，滴答，滴答
树叉上
一只麻雀在张望：这沉湿的天空
何处可飞翔？
它收起了翅膀
无处可去的蚂蚁
躲在树洞里
讨论一块面包的多种吃法
它们不知道仓廪已空，这最后的
食粮，就要长满绿毛
“不过是想要一颗成熟的梅子。”
——甚至坚硬的石头也在流泪
麻雀捋捋翅膀，停止了
聒噪

在藤州

1.

穿过一条又一条隧道之后

藤州停下来了

西江大桥在夜风中徐徐

而过。桥下

有船舶在摇晃灯火

你过桥过江，像过一个

徐徐的梦境

2.

早上，在八楼阳台

你看见浔江

向南向东向北向西

沉静又激荡

它将遇到不同的河流，将有

另外的名字

像所有流淌的命运

3.

在此之前

你不知道有一件旧长衫

被历史高高悬挂
直到那个四月的早上
你跟着一阵风
走进袁崇焕故里
手植榕，莲花井，朝议第
——孤忠的旧长衫，历史的影子
随风猎猎

4.
是时候在白纸上抒写了——
已经长进你记忆里的藤州
桥坚固，江水流四方
码头上，有的船舶远去了
有的正徐徐归来
新街旧巷下绵延的古老文脉
汩汩回响

冠岩

需要时间，以及一名神匠——
喀斯特
弥勒佛，人熊对话，大仙桃，孔雀倒挂
在三月，在大地深处
这些有着世俗称谓的神秘群像
没有尘埃。它们正拨动
凝固的时钟
让流逝垂直，断裂，重叠
棕榈、珊瑚、云朵、蘑菇、幔帘
大地深处的隐流
映照着这些不朽的虚构，以及
它们坚硬的倒影
在三月，在人类微弱的光芒中
我看见了一个神匠的灵魂
——喀斯特

残缺

那年十月，长风猎猎
丧幡飘摇
那个午后
阳光灼热，树下没有一片阴影
父亲的灵柩被缓缓抬高
我哭泣，奔跑
灌木丛中，鸟雀惊起
啾啾鸣叫
漫长的十月，我在
突然残缺的世界里哭泣
奔跑。我看见
浆果遍地
找不到返回的枝头

那样的夏夜

母亲临终前两天的晚上
我们兄妹在大门外
哥哥吸烟，我端着茶
夜风吹来，树叶
簌簌响
夜幕里，浮影起起落落
似乎草木弯下腰又直起身
烟头火星明灭，茶在慢慢变凉
身后，是父亲生前
看书写作的窗台

四年前，也是这样的夏夜
我们也这样站着
抽烟，喝茶
时不时往窗里看一看
陷于谵妄的父亲
在床榻上模糊不清地呢喃
偶尔，我们会对父亲的只言片语加以猜测
争执不休
这时母亲便走过来：他在说那边的话呢。
几天后，父亲去了那边

与父亲做了六十四年夫妻的母亲
把一只鞋丢到岔路口，告诉父亲：从此
我们阴阳两断。

母亲走后
我经常梦到那样的夏夜
我们兄妹在忽明忽暗的世界来回穿梭
像把玩一枚硬币的正反面
像幼儿时，一边嬉闹一边跟着父母
去辨认鸟雀、果蔬、烟尘
以及吹过岔路口的每一阵风声

如果

多年来
她一直在30路公交车上上下下
举着字迹歪扭的硬纸牌：
聋哑人需要您的帮助，感恩。
她腰间拴有敞口的布袋
有人往布袋投入纸币或硬币
也有人视而不见。每次
我都会充满羞愧地放入十元钱
似乎我的健全
占用了属于她的那部分
对于残缺的感恩
或许就这样成为命运的救赎
隐秘，又美好
如果那个午后
我没有走进一条陌生的小巷
没有看到她
正开怀地打电话

人间剧幕

整整三个月了
老黄狗卧于门前
静静地看着床上的老人
曾经，老人每天腰间别着看戏机
带着它在乡间散步
古老的彩调一路咿呀扬抑
它便时而跳跃时而奔跑
春来冬去，它陪老人在院子里种瓜种菜
看草木在风中婆娑，摇晃
如今，老人卧于病榻
认不出床前人，听不懂床前话
时不时，他不耐烦地手拍床栏
似乎嫌人间这幕剧
过于冗长
每天，悲伤的影子进进出出
而老黄狗
始终静静地卧在门口
一动不动

这个春天

这个春天
一只天堂鸟俯冲直下
大地燃烧，喑哑
哀恸的风
有名有姓。我来不及
遇见你

你把命运交给一只黑匣子
把灵魂
交给另一只黑匣子

这个春天
一百三十二只俯冲的天堂鸟
翅翼跌落
万物低头，静默
离别山高海深，我来不及
遇见你

向上飞吧，天堂明亮。
我在世间
替你爱每一个来不及的春天

替每一阵风
喊有名有姓的你。直到
我终于遇见你

一个人喝茶

夜深了
世间唯一的女儿
在长沙发上
喝茶

下了一整天的雨
在黄昏时停歇
从八楼窗台往下看
潮湿的街道在路灯下
在人影的缝隙中
泛起微光
凉风来回穿梭
把窗纱缓缓扬起又放下
她盯着这无声的晃动，陷入
不可描述的虚幻

楼下突然响起的嘈杂
惊醒了她
从八楼窗台往下看
有三个男人正站在一棵大树下
高声谈论

随后，最高的那个
爬上了梯子
砰砰砰，一下又一下
四处伸展的枝丫，被砍落

“它们几乎挡住了所有的光，夜路
不好走。”
于是这半夜的砍伐声
被原谅

夜更深了
嘈杂一点点退去
世界似乎已在穿堂风中安睡
而她还在喝茶
曾经，这张长沙发上
左边有母亲，右边有父亲
他们喜欢在阳台上
种花种草，看楼下树木间
落下的斑驳光影
风吹来时
窗纱高高扬起
笼住两个缓慢晃动的影子

如今，长沙发上
左边空了三年，右边
空了七年
世间只剩下唯一的女儿

在深夜喝茶，喝
荒凉的茶

盛宴

初冬，陌生小乐镇摆起盛宴
我们从四面八方奔赴而去
记得一场马拉松封住了来路
有人双手提鞋
赤脚过了江又过了河
记得雨不曾停歇
敲打着青石板红屋檐，啪嚓
啪嚓
诗人的灰衣衫被风吹荡时
那棵黄槐的细小花瓣在微微晃动
记得下午的豆腐摊油滋滋炸响
哎呀，这热烈的烟火
我们忍不住扑上去
黄昏时分，灯火一盏盏亮起
街巷、店铺、铁皮长椅
私奔咖啡馆里那双棕色眼睛
开始变得斑斓
斑斓而悲伤
记得三两人离场，在楼道口
踉跄了一下
四五人洗干净茶杯，与黑夜长谈

初冬，陌生小镇风吹雨落
盛宴慢慢散场
有人说灰衣衫空空荡荡
有人说特别美好

去年的少年

这个春天
草绿得慢，花开得迟

一场雨无端地下着
持久，偏执

在中华路，她遇见
去年在漓江桥上飞奔的单车少年

这个春天
草绿得慢，花开得迟

唯有去年的单车少年
依旧在飞奔

雨中的葬礼

送行的队列在雨中起伏
经过栅栏，绕过水洼

灰鸟在鸣叫：安息吧。

雨水打在祷辞上，成为哀乐的一部分
这雨中的队列
有人走过它，缓慢沉重
有人掠于瞬间
如同所有逝去的悼念

安息吧，带着瓶中的祷辞。

刀豆

她再一次写下：
偏头痛。
这一刻，天空是彩色的
记忆的棉絮被风吹着
不远处，有人在踢石头
一下，又一下
有人在敲打生锈的铁
一下，又一下
她第一次写下：
这是七月的豆，像刀一样。

童年

天空撤走最后一片灰云朵之后
天井暗了下来

母亲去院子里收衣裳。晾衣杆上
红领巾摇着小手喊：快呀

父亲叼着烟屁股
慢悠悠地清理喝了一个下午的茶

云雀从屋檐跃下
在两张空椅子之间徘徊鸣叫：

快呀，黑云朵就要张开它
巨大的手掌了

祭品

那个轻生的高中男孩被祭出。
他短暂的一生羞于启齿的暗疾
他至死都紧紧护住的隐秘骨头
被当众祭出
以悲悯的名义
以正义的名义

那个将自己幽闭的女人被祭出。

过去二十多年，她困于
愚昧、暴力、贫穷
她让自己的肥沃的土地
开枝散叶
这一生
她为愚昧和贫困典当了子宫、卵巢

如今，她干瘪破败
丈夫、儿子、陌生的乌合之众
把她当祭品
以正义与道德的名义

她试图逃离赤贫破败的肉身
或者隐匿于
更加腐朽麻木的躯壳中
命运的锁链却把她套得更紧：你需要有
好名声。

间奏

把一别十年的朋友送下
台阶
暮色明显沉了许多

他背对着我
挥手
——长亭外，古道边
口哨声贴着台阶
一级一级缓慢上来
在风中
忽高忽低，和
十年前一样。和
每次一样

我在台阶上坐下来
已经看不见更多东西了
灌木丛中
虫鸟鸣奏，忽高忽低
像我们
曾经热烈的交谈

很快，台阶、灌木丛，以及
那个越来越小的影子
就要变成黑色的无边的海
——就像水消失在水中
就像生命中
每一次必然的间奏

在黄昏里告别

我们在黄昏里告别
拥抱，转身

云雀从矮灌木丛中探头：去去，
送送。

不去
不送

台阶很长
先走的人，边数边下

云雀拍打着矮灌木：隧道光明，
桥都坚固。

青梅

六月的风
吹来一阵阵甜涩
天桥下靠着石墙蜷缩打盹的人
猛然睁开眼，弹开腿
他踢到破旧的吉他
吉他又撞上破旧的音箱
——一阵沉钝的喧嚣
他鼻息咻咻，像一只迷路的狗
寻到了熟悉的气味
当他再次眯上眼
他似乎看到，远方的母亲
正踮脚摘下
院子里第一颗熟透的青梅

黄金时代

第三场春雨之后
铁架木上毛茸茸的嫩黄
开始一片片，一层层地缓缓展开
并慢慢地绿了起来
风来时，它们轻轻摇晃
抖落一滴滴雨水
我仔细打量它们的样貌
我认得它们——
在那个深秋的黄昏
我从这棵树下经过，看见木叶
随风散落，满地翻飞
像一个正在消退的黄金时代
现在，它们回来了

安静的上午

书籍不说话
日历不说话。被赠予的橘子
默默地又黄了一些

茶水间，红杯子在冒热气
黑茶壶有一半悬空，似乎随时会掉落
啪的一声

走廊的灯偶尔会亮一下
投下影子
偶尔有人走过，像影子
叠着影子

风从窗门缝隙挤进来
——这一声声呜咽
这失败的口哨
这令人不安的安静的上午

陌生小镇

三月的陌生小镇
雨水是我的，天井是我的
屋角的青苔
隐藏着我幼时的秘密
我跨过高高的门槛，像跨过
一道道暗语
旧桌子上，有一个微微发亮的杯子
它是我的。它从容地沥掉了
我多余的渣滓

不可能没有那一声声啁啾啁啾的鸟鸣。

当我在错落的石头上
跳房子
当我一一给花草命名并低低地叫唤它们
当风吹木叶像一个熟悉的身影
在安静地翻动书页
当我踩着嘎吱嘎吱响的木楼梯
一点一点地
靠近儿时的天空

不可能没有看见那棵沉默的、瘦小的山毛榉。

失控

后来
失控的少年总是长时间坐在台阶上
喊奶奶
曾经，奶奶用三轮车载着早点
也载着他，穿街过巷
马蹄糕、煎饼、豆浆、油条、烧麦、糯米鸡
这些晃荡热乎的烟火
让少年的世界满满当当
一切止于那个下雨的清晨——
少年像往常一样
站在台阶上向奶奶挥手
一辆失控的垃圾车撞散了三轮车
少年追着救护车哭喊
奶奶，他世间唯一的亲人
再也没有回来
少年满满当当的世界
空了，失控了

神秘的剧情

想象有那么一天
想象那样的一天终于到来

你或我
抢先斩断了尘世的姻缘
你或我，看着悼念的影子缓缓走来
看见真实的哀痛，敷衍的拥抱，麻木的沉默
还有极力抑制的笑容
接下来，是神秘的剧情

直到墓碑上孤单的姓名旁
落下最后的纠葛

这时可以重新开始了——
一场梦，一条隔世的狭路
两个灵魂，可能是兴奋的
也可能是倦怠的
余下的，是神秘的剧情

海豚

很久了
我无法忘记那个正午
船只在深海中摇晃
一只海豚不停地跃出、潜没
像闪电频繁地击打大海

船舷上有人在说
海豚曾用神秘的音频，唤醒
生命垂危的幼小同类
溺于海水中的十一岁女孩
被它高高托出水面

我从深海里离开很久了
很多记忆已经发旧，模糊
只有海豚闪电般的腾跃
犹如大海的灵魂
恒久，柔软
击打着我迟缓的肉身

烟雨

我们离开郊外那片厂区时
轰隆了一天的机器声
正慢慢弱下去
厂区和公路之间有一片小草坪
此刻，它们笼在烟雨中
绿得摇晃，虚无
我们停下来，争论早上来时
是否已经在下雨
下班的工人陆续从厂区里走出来
他们匆匆绕过小草坪
消失在公路中
没有人注意到站在雨中的我们
没有人来得及关心，雨
是否下了一整天

那时年少

那些午后
他过江，上台阶，过打铁铺烟草铺
来拍打她的院门
她打开叠成六角形的纸片
蓝的，黄的，红的
但一个字也没有

他的棕色眼睛真深啊
她不由得后退
生怕跌入，有去无回
一阵江风吹来
书页打开
她大声念：花有很多种方向
他接着：枝丫在自由生长

那时年少，世界很好
但有一条江，有无数台阶
但暮晚总来得太快
最后一班轮渡的汽笛声就要响了

你到来时

你到来时
午后正荡漾在一阵阵的穿堂风中
你在门外停了一小会儿
也许是为了适应室内的暗，也许是
对于未知的犹疑
很快你看见了更多——
长形的木桌，散落的书本
酒瓶在列队，像随时要出发的士兵
严肃又兴奋
穿堂风有一种甜酒的味道
在拉长的影子里回荡
山毛榉高大，枝丫伸到阳台
哗哗响
黄昏时，风和影子都安静了下来
嘘——

好了，把碎玻璃清理干净

1.
好了，把碎玻璃清理干净
在它们划破世界之前
你记得要抬头看看
那只徘徊了很久的麻雀
最后等来了什么

2.
十月是用来纪念的
有那么一年，一瞬间
你得往回走
一直走回小镇车站
十月就在那里

3.
你一笔一画地画乌鸦
画它漆黑的（或许是雪白的）身子
它邪气的鸣叫
走过的人说：不过是只麻雀
偏要打扮得像神甫

4.

多年前你说：我都习惯了，一个人
赶夜路，一个人悲伤。
但并不悲伤
你早早地把长廊打扫干净
相信手拿橘子的人会慢慢地走过来

5.

那个午后
阳光灼热，没有一丝风
父亲的灵柩被缓缓抬高
你哭泣，奔跑
灌木丛中，鸟雀惊起
遍地的浆果
从此不返枝头

6.

多少次
你把自己交给茫茫暗黑，说：
往下跌落吧，跌入
够不着的救赎吧
茫茫暗黑中
没有一片木叶的枝丫随风摇晃
令人心碎

7.

这个冬天过于漫长了

枯枝上，聒噪的乌鸦已经安静
动物庄园里
鼹鼠借着一阵风，悄悄撕掉
昨晚的禁令

8.

午夜到来时
你试图在音乐中找一个答案
但甚至巴赫也沉迷于一杯接一杯的安魂茶
不再关心人类过于飘忽的疼痛。于是
你开始在八楼天台边沿奔跑起来

祖屋被推倒那天

祖屋被推倒那天
哥哥录了一个视频
屏幕里，机器突突突
一点点占据、挖撬
门柱倒了，墙壁坍塌，屋顶被掀掉
最后，一座房子的全部构架
散开、跌落

十二岁之前，祖屋是我的城堡
它原谅我对人群的恐惧
纵容我与树木交谈
每天，我在天井看书
看那一角天空里的鸟雀、云朵
有时灰斑鸠飞进来
在我身边咕啾，咕啾
堂厅里，录音机从早响到晚
我跟着它大声歌唱
仿佛对世界从未怀有怯意
刮风下雨
我躲进小厢房
那里有我的床榻、日记，以及

我暗藏的灯盏

当十二岁渐离渐远
被原谅和纵容的小女孩
已经拥有铠甲
当命运飘摇，当尖刺落下
她抱紧自己的影子
回望——
城堡明亮，仿如安慰

我从没想到有一天转头
世界是空的。

“危房多年，不推不行。”
哥哥的画外音响起时
屏幕上正晃动着最后的灰白
透过模糊视线
我仿佛看见，一个十二岁的小女孩
站在废墟中

过客

父母走后
老家就空了
重阳节
我们回去祭拜母亲
家里一切如旧
客厅、沙发、茶几、厨房
天井屋檐上的鸟雀
只是没有了两个蹒跚的影子，只是
每个房间都锁紧了门
我昔日的房门上
结了一张巨大的蜘蛛网
丝网随风飘摇，灰白色的蜘蛛
却一动不动
它一动不动
像所有飘摇的居所里
最坚定的内核
而我，站在曾经欢腾的空寂中
像一个过客

太极拳

漫长枯干的秋日下午
炽烈在慢慢消退
枝丫上，零落的叶子
像玩厌了整个下午的困倦孩童
又像期待一天快点结束的昏息老人
小区的健身器材，每一个都冒着
看不见的烟雾
一身白衫的老人在打太极拳
向左向右，向前向后
推出去，收回来
命运的碎屑，最后拍在掌心
命运的碎屑，最后落于
枯干的荒草里

阳光落下来

新买的松子裂开一条
小口子
像小松鼠在生气
“真不好意思。”
午后，阳光落下来
灌木丛中有什么在跃动
她转身时，影子
落下来——
它左手翻开旧报纸，右手
抓住了电话线

那时

偶尔路过那幢台阶重重的房子
她会停下来
打量陈年旧事

门前的榕树更加繁茂了
黄槐似乎不曾变化
风吹过时，枝叶左摇右晃
惊起鸟雀，光影跌落

那时啊
轻快地跃上台阶的众多影子中的一个
被星光照耀

桂花

桂花开满了枝头
路过的人
有的停下来，仰起脸
深深地吸一口长气，仿佛
刚刚学会呼吸
有的暗暗地惊叹：这秋天
又细又黄，多么俏
在这最美的时光里，我不敢
大声说话
对于起伏着又细又黄的身子的
一阵阵秋风
我不敢轻轻地告诉它——
你是多么俏

你知道

你知道
窗外的树已经长满叶子
不能再多一片了
风吹过来时
阳光晃了又晃
你到来时
十月的天空并不阴霾，世事
也并不凶险
但我转过身去
如果昨天就是所有的光阴
请你把它抱在怀里。请你
抱着一生里全部的重量
转过身，从我面前
慢慢走开

斑马

早上
一个穿病号服的人
从阳光深处慢慢走出来
最后，他背着阳光
停在第五人民医院的马路上
好像是沉睡的斑马
突然在阴影中站了起来

在衡山

1.

抵达时已近午夜

衡山庞大无边，寂寥神秘

风簌簌吹过

有人瑟缩着脖子，有人

抬头仰望

有人说

住进这衡山脚下的客栈

能听见众神在

簌簌交谈，如风吹木叶

2.

凌晨时分

失眠者在客栈阳台上看书

街巷灯火阑珊

儒释道三教同尊的南岳大庙

虽夜半庙门紧闭

香客仍在安静地跪拜

没有木鱼阵阵传来

没有诵经声此起彼伏

失眠者想

此刻，庙内身穿大袍的修行者
是举烛扫心，还是
影子般坐定？
门外长跪不起的众信徒
虔诚是否恰如其分，不多
也不少？
此刻，世间灯火阑珊
不发言语
失眠者把书翻到下一页

3.
到南天门
风就变了脾气
一下子横着来，一下子竖着来
云雾中
祝融峰像一种隐喻
拒绝一部分
又接纳了一部分

4.
舍利子安静
而她何其惶恐，只能
反复双手合十
从前额缓慢下移：
原谅我
拾256级台阶，来打扰

5.

或许所有人的内心
都暗藏着一面磨镜台
你不惊，我不扰
你有你的深意，我有
我的暗喻
——磨砖作镜，以镜为台
风来雨来
人们过草庵登石蹬听故事
而她
无端地悲伤

6.

平生第一次
她举香过头三尺
一叩三拜——
请让我，所见百草都葱郁
所遇百生都安宁

信笺

那只邮筒还在
在阳光里泛着绿锈
多少旧日子
多少炽热、冷漠、狂喜、残忍、困扰
经由它，抵达南和北
多少锋利的、迟钝的痛
经由它，自东至西
那些缄默的使者
是否在相同的往返路线上反复地擦肩而过
甚至秘密交谈？
“她偏爱G大调。”
“每天午后他都在画同一幅肖像。”
邮筒老去了，往昔
锈迹斑驳
只有当风吹落叶
偏头痛患者会突然看见
旧日子正一遍又一遍地抚平折痕
沙，沙沙

草药美

草药美
但她已经厌倦了
风挟持了整个冬天的病菌
恣意吹荡
整个冬天都被吹荡的人终于厌倦了
她想慢慢灰白
打翻草药，熄灭烟火

在外省遇见一棵铁架木

凌晨两点
失眠者坐在窗前
八个小时前，她进入这间房子
一切都是陌生的
唯窗外的铁架木，她似乎
见过。房间里
苹果、李子、香蕉、荔枝和桃子
睡得安宁
她打开窗，爬上窗台
铁架木伸长了枝丫
与她握手，轻拍着她
她想起老家院子里那棵铁架木
也有这样恣意伸展的枝丫
灰斑鸠在上面筑巢
父亲喜欢坐在树下阅读，写作
为母亲拉二胡
听斑鸠鸣叫
此时是凌晨两点，是在陌生的外省
月光隐约，铁架木随风晃动
此时，父母当是睡眠安宁

你的童年

这个午后
你带我回了你的童年

屋后的竹林又密又宽
你絮絮叨叨——
童年的时光几乎都在这里
捡柴火，挖笋，吹笛子，看鸟雀
把枝头压弯再弹起
你指着一条被杂草覆盖的小路：

“每天，我从这里上山
为兔子割草。”

你的口袋里
有奶奶用方格手帕包的两颗大白兔奶糖

金黄的秋天

出殡回来那天，我一个人
坐在父亲空空的房间里
哥哥说："每人挑一样父亲的衣物，
它是念想，也是保佑。"
他手上，是父亲的一件外套

在父亲堆积的衣物里
有一床斑斓的珊瑚绒被子。记得
三年前那个秋天的下午
我在老家的北街把它买下，抱着它
穿过商铺和人群
父亲站在门口，笑眯眯的：你就像
抱着一个秋天。
那时父亲还健步如飞，风一般地
穿街走巷
这团柔软斑斓的秋天，陪父亲
过春又过夏
父亲卧在病榻上承受穿骨之痛的日子
它一直在

那天，我抱着它离开老家

经过父亲的坟头时，我说：爸爸
你看，一个金黄的秋天。

乌鸦鸣叫

乌鸦叫着叫着天就亮了

隔着窗棂
她看见一团阴影从空中坠落
许久，才从地上传来嘭的一声
正午，一个午托班发生火灾
隔着窗棂
她看见那些小小的身体
被抬上救护车
悲伤的人，在风里跑来跑去

乌鸦叫着叫着天就黑了

中秋

迷迭香、紫苏、薄荷都长好了
桂花在等一场雨
圆缺的人世，年年复夕夕
等一场秋雨
滴答，滴答
打着细枝条，淋着小黄花

覆盆

覆盆子开白花，结橙红果子
叶子一片复一片

它喜欢向阳的坡地
风来雨来，覆盆子成片倒伏
挤挨，挤挨

它是酸甜生津的夏日
它医治人间疾苦

它用倒钩刺坦荡指认
身份，以及
产果后必枯死的命运

但它不知道，覆盆
是人间无法医治的暗疾

疾病

世界陷入了黑暗
透明或浑黄的点滴，严谨地
流进血管
蓝的红或绿的药片
斑斓夺目
可她陷入了黑暗

她在公园条椅上长时间地坐着
花草恣意繁茂
似乎时光有无穷欢乐
她为此悲伤
云雀低飞，跳跃，鸣叫
这聒噪让她愤怒

白天与黑夜没有分界
蓝的红或绿的药片
这唯一的斑斓
让她从低泣进入嚎叫
从漫长的失眠进入漫长的沉睡
而黑暗没有尽头

午夜，给一条陌生的路命名

夜色正好
重叠的嬉笑正好
秋风阵阵
我们穿过一条条陌生的街巷
路灯下
没有一个影子是虚构的
下一秒，明天，多年后
秋风还记得
我们曾经穿过临时命名的那条路
去找一家刚刚好的茶馆
曾经有一阵阵的嬉笑声，让木叶
纷纷跌落

大雪

母亲去世那天
是大雪

此后每一年
大雪像个孤独的孩子
哭着喊着
掉落
白茫茫，冷飕飕——
失去了世上唯一温暖棉衣的孩子
瑟缩着，嘶哑着

风吹嘉峪关

1.

秋风吹过它，北风
割过它
黏稠的夏风，带着热浪
卷过它
只有春风，从来都
不度

黄沙漫过来时
它是金黄的
大雪铺上来时
它是成群的羊在安静地站立
——只是蓝的紫的红的花
总是在远方
一边后退一边开着

直到怀揣种子的人
种下格桑又种河流，种下
丝绸又种葡萄
——那个迷恋二十四节气的人
唱着塞外的歌

种下了春风

2.

我欠你一个回头——
在雄关与城墙之间
在戍楼与萧瑟之间
我踏过西门，走过西廊
榆关外我不恋暮色
朔漠空空我不说荒凉
——在应该回头的百战地上
遗恨一声急于一声
催着我离开
遍地枯草像遍地隐喻
让我低下了头却转不了身
风沙遮月时你怕吗
我怕
骏驹飞驰时你痛吗
我痛
史册太沉，你有太多褶皱
我带不来紫罗襦
画不了朱唇描不了翠眉
我低下了头却转不了身
——嘉峪关
我欠你一个回头

3.

进入玉门关

风就开始猎猎地响起来
像一把横扫千古的战刀
击打着凉州词也击打着
羌笛
时光在戈壁滩一年年喧哗
不怨杨柳也不怨春风
漠风凛冽，只有骆驼刺和芨芨草
可以亲近
朝如青丝暮如雪啊——
进入玉门关
春风刚刚远去，山花
还在烂漫

途中

一路上
汽车颠簸
车内一片寂静。偶尔
关于诗歌、八卦、时局的议论隐隐传来
像梦呓
阳光越来越来烈，透过车窗
打在脸上
有人说好暖
有人把昨晚用过的蒸汽眼罩
又戴了起来

在秀水村

秀水由北而来向北而去
穿山过寨
一个状元，二十六位进士，六位御史
这山河的凹地
荣耀过
历史如尘似埃
名人的宅地宽敞如故
八房花街适合写生，晒橘子，踢神童的
石子，卖大头菜
状元楼前，一片荷花簌簌响
——谁遗失了故乡却不敢哭泣？
传说一出又一出，人影
来来又去去
她不过是偶然经过，听见簌簌声
——不过是风吹残荷

小雪

恰好是这天。
从舷窗往外看
一片白
抖动的白，翻滚的白，拉扯的白，拥抱的白
挤满天空。

末夏

午后，阳光缓慢移动
经过对面窗台上的三角梅、远洋兰
经过一个个灰色屋顶
背着硕大书包的小男孩
在栅栏前徘徊
——矮灌木里有什么？
结网的蜘蛛？美丽的瓢虫？
夏天最后的风是秋天的
慢慢变黄的木叶是秋天的
而小男孩短衣短裤
站在栅栏前。他不时抬起左手
在额前飞快掠过
似乎在擦拭汗水，也似乎是
在告别什么

草莓甜

——给女儿的第N首诗

“就像树木要碰到天空时的快乐。”
你说出这句话时
正走在五岁零四个月的黄昏里
那时空中飞满了节日的气球
你左手拉着我，右手拿着草莓
一蹦三跳
暮色从四面八方缓慢而来
你的小红靴
在黑暗中熠熠生辉
我握着你的手
像握着世界上最甜的草莓
九岁那年夏天
是一场漫长的悲伤
你小小的身体里几乎全是泪水
我抱着你，在其中沉浮
“到了秋天就好了。”
我们手拉手向秋天走去
风从四面八方来，把我们吹得
摇摇晃晃
万物都有深意啊——
“就像树木要碰到天空时的快乐。”

如今你轻轻一跃，便能碰到那树木的最高处
此刻我写出这句话
夜空便掀开了善意的一角

雨后

多日的雨水终于
停歇
身穿蓝白校服的男孩
站在阳光中
高仰着头。他的额头
闪闪发亮
空中有伸长的枝条，云朵
零散的鸟雀
但他看到的，或许
更多——
那些隐秘的、闪闪发亮的

墓志铭

姓名。性别。年龄。爱好
以及她突然的消失
都可以忽略

在巨大的空白里
只须写下：
“她一直爱着一个人
但她至死也不说。”

似乎

初夏风吹
木叶摇晃时，似乎阳光在跳跃
江水不急不缓
江中撑船的人，他的影子
似乎是春天最后的迟缓

一个卖菜的妇女，踩着装满
黄瓜、番茄、青椒、洋葱和胡萝卜的三轮车
一路颠簸
她面容粗糙，比不过车上的西兰花
但神情可亲，像那堆
不时滚动的土豆
她或许有个儿子，嘴唇上
刚刚长出绒毛
或许有个女儿，正等着一条
花裙子

这一路上
初夏的风似乎把木叶间的阳光送出很远
似乎我就要
遇到一片青草地，以及
一个唱着童谣追逐白蝴蝶的流浪汉

灰鸟低飞时

灰鸟低飞时
偏头痛患者画笔一抖
世界倾斜，阴影
跌落
推独轮车的人，单衣
一半在身上，一半在风中
空空荡荡

平衡术

列车在草木中掠过
她说，我偏爱第三人称
草木在风中掠过，一阵阵呼啸
她说，我偏爱桑和麻
第三人称像那只毛发可疑的猫
反复出现在午夜的八楼
沿着黑暗天台行走
优雅、无声
列车在山峦中掠过
她陷入幻觉：
也许，白色药片多加一倍
就可以像神秘的猫一样
在午夜的天台边缘
优雅地练习平衡术

倒春寒

北风从北来，经过南
便不想再走

一路上，迎春花
瑟瑟发抖
把脸藏进黄手帕，把脚
缩进绿衣裳

檵木团团簇簇
都有一身紫红棉袄
最小的一朵，也敢大声说：
北风北风我不怕

但她怕——
一路上，她不停倒退
拍打鼓起的大衣：
倒出来，倒出来！

晚上经过一棵树

我不知道你的苦
但我知道你经历了风、雨
经历了烈日与严寒

你缓慢的生长
让我想起很多——
击打，跌落
摇摆不定的脚步，一段
走近又远离的爱情
一件棉衣，它的不甘心的褪色

我不知道你的苦
但我知道
风、雨，烈日与严寒，跟随了你
缓慢的一生

大海

对于大海，我所知甚少
现在，我有整整的三月的一天
来亲近它

凌晨时分，渔民把一张大网扬起
再落下
第一缕阳光洒下时
沙滩斑斓又干净，像一张
刚刚铺开的画布
那远处的水花：它们从一个男孩
的手中慢慢漏下
在阳光里变成一串串碎银

椰林。沙滩。夕阳……
依次从童年的梦中走来

对于大海，我一直知之甚少
但现在，我张开手掌便是潮起潮落
我有整整一生的时间
来等待一只蝴蝶飞过沧海的过程

平衡术练习者（后记）

失眠的夜晚，记忆会往回走。

我会遇见那个躲在母亲身后害怕与人打照面的女孩，遇见在数学里困顿茫然的那个女孩，遇见拿着样刊飞奔在校园里的那个女孩。

她那么瘦小，随时被人群淹没。

在记忆里辗转的片断，终会在某个时刻落下来，落在属于它的画面上——或是事件，或是词语，或是陈述，或是隐喻。

1.

因为母亲的宠溺，我四岁才断奶。如今我还依稀记得，某天上午，我朝着正往坡上走的母亲喊：妈，我想再吃一口！

母亲迅速转身，张开双手冲下坡来，我则向她飞奔过去。在半坡无人的树荫下，母亲上上下下轻轻抚摸我，像她平时捋粗麻床被一样，直到床被上再也没有一点儿刺人的麻结。

“羞不羞？跑得比妈妈还快，还要吃奶！”邻里婶伯们这句戏谑，是这画面里最清晰的台词。

小时候，我害怕跟家里以外的任何人打交道，甚至一声问候，于我而言都是极其困难的。母亲从来不勉强我，更不会因此责怪我。逢年过节，宾朋喧闹，母亲总是恰如其分地把我护在她无限的羽翅下。

木讷愚笨的孩子到底是不招人喜欢的，亲戚自然偶有微词：“这孩子也是让人头疼。”

母亲在外替我挡了回去：“没事，虾蟹各有各路。”

在家则安慰我：“不是嘴会说就聪明，也不止有一种聪明。”

自识字起，我就意识到了文字的极大魔力，甚至一张说明书，我也可以反复地看得津津有味。

我喜欢坐在天井里看书，看天井上那片天空。黄昏时分，会有各种鸟在空中来回低飞。这时我心里就涌满凄凉——小鸟有没有家？如果晚上下雨，它们会不会冻着？有时，某只小鸟会缓慢地收起翅膀，长时间地停在天井屋檐边，似乎在和我对话。我们就这么互相长时间地看着，像一对知无不言的密友。这密友并不是固定的，有时灰色，有时黑色，有时羽翅长，有时尾巴短，有时是一只，有时两三只。

不管是哪种，我都给它取名为“啾啾”。我尝试着和它说话，开始声音轻得只有自己听到，慢慢地我越说越大声越自然，仿佛它真的是我的密友，仿佛我的每一句话，它都能听懂。我开始在日记本里写下这些，开头往往都是：今天啾啾来了。/今天啾啾没来。

对人群心生恐惧的小女孩，却与无名的小鸟相谈甚欢。

小女孩在文字里构建属于自己的隐秘小天地。她不知道世上有个名词叫“社恐”。

2.

读书时，我一直处于两个极端——语文和英语遥遥领先，是被老师偏爱的极少数；数理化则堪比天书，任我如何拼命就是学不会。后来我就放弃了。我从学校图书馆借了很多文学书刊，藏在课本下，老师在讲台上讲天书，我在下面悄然进入另一个世界。

我数学考得最低的一次是九分。那天老师公布分数时，连叫我两次我都没反应，同桌用力地捅我，我才受惊似的抬起头。老师顿了几秒钟，然后走过来，抽出我课本下的文学书，高扬着它在讲台上来回走。老师满脸忧伤地看着我，不说话，只是让高扬的书发出越来越急促的哗啦声。而还没有完全从文学世界中走出来的我，则一脸茫然。

第二低是十一分。当时在老师办公室帮忙整理分数的几个同学把我的试卷传阅，发出一阵阵大笑。某位路过的老师走进去，看了看试卷上的名字和分数，平静地说：“你们不要笑，她不是靠数学和分数吃饭的。”

这位老师既不教我的语文也不教我的英语，他甚至都不是我们年级的科任老师。他说出这句话，或是出于师德，又或是他知悉我在另一端的样子。

我不知道自己将会靠什么吃饭，但我确实从不曾因为分数而焦虑——如果某个事情你往死里学就是学不会，那么你一定不需要它，它也不需要你，一定有更适合你的。这是母亲给我种下的认知种子。

十六岁，我的处女作发表。负责编发的老师后来对我说：“没想到你还这么小，你的文字不像你这个年纪所能写出的。”

这时候，时光一页页往回翻，哗哗地沿路散落——图书馆几乎被我翻完了的文学书籍；写得满满当当的好几本笔记本，有日记，有诗歌，有摘录，有随感。

有些路，一开始是没有路标的。走着走着，它就清晰了。

3.

曾经，我是在梦想与生存中拥有平衡术的幸运儿。或者说，我自以为创作与生活，就像硬币的正反面，就像互为镜像的玻璃。

2020年打破了这种安稳的折射。或者说，2020年把玻璃易碎、寒锋的特质凸显了出来。

突如其来的疫情，阻断了很多关联。春节假期结束时，外地同事都没法回来，我们本地的手持单位“复工证明”可以进出小区。第一天上班，我先去社区拿一张出入证，然后再到单位开“复工证明”。

整个办公室，只有我和另一位同事L。家在湖北的L，来不及回家，疫情就暴发了。我和L工位面对面，中间是薄薄的隔板。我们戴着口罩一言不发地工作，偶尔沟通，也是发送文字。为了不摘口罩，我们甚至连水都尽量不喝。办公室里只有打字声、纸张翻动声，以及L频繁喷酒精的唰唰声。它们在空荡荡的办公室里回响，凄惶又压抑。我能感到很多东西正在胸中翻涌奔突，急需我排好栅栏拢住或释走，但我没有时间。

不久，我母亲生病住院，我没法回去。

母亲第二次住院，我身边有亲人也正住院手术，又没法回去。

母亲第三次住院，我下了动车直接到医院，陪了母亲一个晚上。那晚，安顿好母亲入睡，我就着病房昏暗的壁灯，看一个已经把我折磨得焦头烂额的工作稿子，直到凌晨。时不时，我起来去察看母亲，她睡得很安宁。第二天早上，母亲第一句话就是：“昨夜你一点多了都没停笔。”我愣住了：“您一直没睡吗？”母亲说：“老人要不了那么多睡眠。”原来母亲不过是在我去察看时佯装睡着而已。母亲说：“宝啊，太累的话就别做了吧。”她举起因为输液肿得像个大馒头的手腕，手腕上的玉镯几乎勒进肉里，说：“手刚肿时没有及时把它取下来，现在可能要砸碎它，不然就压到血管了。凡事总有得有失。”

母亲突然病情加重无法说话时，我赶回去陪了她三天两晚。这三天两晚，我同样见缝插针地伏在母亲床前的小茶几上工作。哥哥说：“你这么忙，要不就先回去上班吧，妈这里有我们呢。”

我确实想尽快结束这个疯狂的稿子，而在医院，我没法查询相关文献资料，于是告别了谵妄中的母亲。

一天半后，母亲走了。她终别的床前，没有我。她没能见我最后一面，我没能见她最后一面。据说，母亲直到咽气都没闭眼。我二嫂边抚摸着她边轻声说：“妈，您放心走吧，家里有我们呢。”母亲的眼睛这才缓缓地合上。

我在母亲空荡荡的房间里失声痛哭。我狠狠地拿头撞墙：如果在医院时，我不是拿宝贵的时间去工作而是陪母亲聊天；如果母亲陷入谵妄时，我一直守着她而不是为了工作匆匆离开。

母亲去世后，我好长一段时间困于幽暗的钝痛中。我想起那些翻涌奔突的情绪，曾经它们清晰鲜活，如今它们是泥淖，死寂、淤塞。

某个周末下午，我坐在空荡荡的办公室，机械地打开历年文学创作文件夹，发现2020年的文件夹几乎是空的。而这一年，明明跌宕起伏。

那个下午，我像一个脑袋生锈的空壳，枯坐到天黑。当我摇摇晃晃地推开黑夜，第一次清晰地意识到在梦想与现实中一脚踏空的失衡。

4.

济慈说，灵魂自身是一个世界。

在我，写作自身是一个世界。这个世界，有挂满日常庸碌的蜘蛛网，也有越过密网的乌托邦——在那里，有更完整的自我、更自由的灵魂。

我必须重新练习梦想与现实的平衡术。我不能任由灵魂在泥淖里日复一日地淤塞、窒息，不再激荡。

当我在虚构的八楼天台摇晃时，我看到了母亲，听到母亲在医院时对我说的话："凡事总有得失。"

这是母亲生前对我说的最后一句话。我没想到这是母亲生前对我说的最后一句话。它时时刻刻刺痛着我——我本应该可以听到母亲更多的话，可以让母亲听到我更多的话。

2021年7月，我放弃了这个让我脚打后脑勺的工作。去单位收拾最后一点儿东西的那天晚上，我特意上了天台。那个布满了无数管道的天台，我曾经无数次地在加班疲累时独自上去，透透气，听听风。

"凡事总有得失。"那天，在天台上，在缠绕的管道之间，在黑暗中，我再次听见这句话。它托着我，落下来——在失衡的痛点，母亲先是推了我一把，又拉了我一把。她张开无限羽翅，不止奶了我四岁，而是终生奶着我。

某个晚上，我和朋友们来到一座陌生岛屿，在海滩上散步聊天。夜深了，我仰躺在海面上，随着海浪起伏。空中星辰闪烁，月亮像天上悬挂的灯盏，硕大明亮，清澈如镜，我甚至能看见自己的影子在其中走动。

我看见自己无数的影子，在苍穹中张望、晃动，跨过栅栏，奔跑。

那一刻，我放声大哭。哭声在深夜的山岛里回响，巨大又失真。朋友们惊愕地站住，看看我又看看月亮。他们无法明白，为何一枚硕大清澈的月亮，可以引出这近于虚构的哭声。而我无法描述。

在那个无法描述的夜晚，我看见了淹没于人群中的瘦小女孩，看见了她的过去、现在和未来，看见了她筑起的属于自己的隐密小天地。

我看见她，就像一个盲人突然看见镜子里的自己——岁月趋变中，她已修剪掉多余的枝蔓，而童年对万物的情感态度、内在的骨头始终在。它安稳地落在无数的黄昏、风、鸟雀以及木叶中，落在梦想与现实的陈述与隐喻中。

2024 年 7 月 23 日

丁桂林

有度文化　北岳好书

黄昏里

出品人 | 郭文礼　　选题策划 | 刘文飞　　责任编辑 | 刘文飞
复　审 | 左树涛　　终　审 | 郭文礼　　印装监制 | 郭　勇
项目运营 | 有度文化·刘文飞工作室　　投稿邮箱 | liuwenfei0223@163.com
微　博 | http://weibo.com/liuwenfei　　微信公众号 | YOUDU_CULTURE